AF559105

Lieber Zauberlehrling,

dieser Advent wird wahrlich magisch. Mit diesem Adventskalender kannst du in die spannende Welt von Harry, Ron und Hermine eintauchen und dich auf ein verzaubertes Fest vorbereiten. Öffne jeden Tag ein Türchen, indem du die Seiten mit einer Schere auftrennst, und freue dich auf zahlreiche Funfacts, Bastelideen, Rezepte und mehr – die beste Beschäftigung bis Heiligabend für alle Hexen und Zauberer und solche, die es werden wollen!

Ich wünsche dir eine zauberhafte Weihnachtszeit!

Deine Pemerity Eagle

1

Acromantulakekse

Acromantula sind riesenhafte, hochintelligente Giftspinnen, die vom Zaubereiministerium als »lebensgefährlich« und »unzähmbar« eingestuft werden. Wer es mit einer von ihnen zu tun bekommt, hat nur geringe Chancen, dieser Begegnung lebend zu entfliehen. Wie wäre es mit einer Runde schrecklich leckerer Acromantulakekse?

FÜR 12 KEKSE BENÖTIGST DU:

Für den Teig:

★ 100 g Mehl
★ 60 g zimmerwarme Butter
★ 4 Eier (Größe M)
★ 30 g Puderzucker
★ eine Prise Salz
★ einen Spritzer Zitronensaft

Für die Deko:

★ 50 g Zartbitterschokolade
★ 12 runde Schokopralinen deiner Wahl
★ 24 Dekor-Zuckeraugen

Sonstiges:

★ Spritzbeutel mit rundem Aufsatz

ZUBEREITUNG:

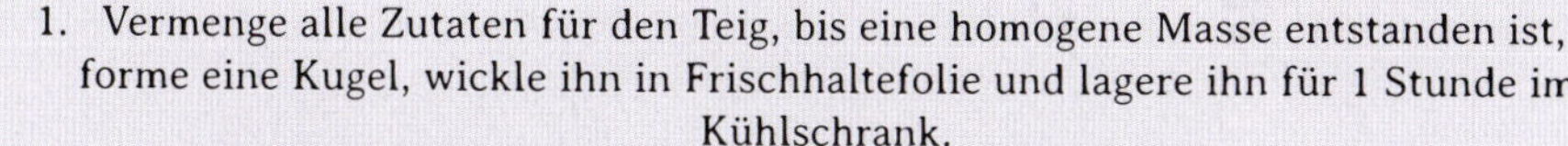

1. Vermenge alle Zutaten für den Teig, bis eine homogene Masse entstanden ist, forme eine Kugel, wickle ihn in Frischhaltefolie und lagere ihn für 1 Stunde im Kühlschrank.
2. Heize den Backofen auf 180 °C Ober-/Unterhitze vor. Lege das Backblech mit Backpapier aus. Gib 12 Teighäufchen mit einem Löffel darauf und streiche sie flach. Drücke jeweils eine kleine Mulde in die Mitte, damit später die Praline hält, und backe die Kekse für circa 10–15 Minuten auf mittlerer Schiene goldbraun.
3. Brich die Schokolade in kleine Stücke und schmelze sie in einer hitzebeständigen Schüssel über einem heißen Wasserbad.
4. Verteile die geschmolzene Schokolade mit einem Löffel auf die Mulden der abgekühlten Kekse und klebe die Schokopralinen darin fest.
5. Fülle die restliche Schokolade in eine Spritztülle und male 8 lange Spinnenbeine auf. Klebe die Zuckeraugen mit jeweils einem Tropfen flüssiger Schokolade auf den Schokopralinen fest.

2

Wusstest du, dass ...

... viele Charaktere in den Filmen viel älter aussehen, als sie es nach den Büchern sein dürften? Harrys Eltern waren zum Beispiel laut den Büchern gerade mal 21 Jahre alt, als sie von Lord Voldemort getötet wurden. In den Filmen sehen sie aber, wenn sie auftauchen, wesentlich älter aus.

... in dem Film *Harry Potter und der Halbblutprinz* im Gegensatz zu den Büchern nie erklärt wird, wie Snape zu dem Namen »Halfblood Prince« kam? Der Mädchenname von Snapes Mutter war Prince und sein Vater war ein Muggel – daraus entstand dann der Halbblutprinz »Halfblood Prince«.

... der Poltergeist Peeves, der in den Büchern immer wieder zu witzigen Zusammenstößen führt, indem er ständig Unfug macht und alle ärgert, in den Filmen gar nicht vorkommt?

3

Zauberhafte Funfacts für echte Potterheads

Möchte man das Zaubereiministerium besuchen, kann man dies durch eine magische Telefonzelle tun. Dafür muss man jedoch einen geheimen Code kennen. Um Einlass zu erhalten, muss man diesen auf der Tastatur eingeben. Er lautet: 62442. Auf den Tasten mit den Zahlen, befinden sich aber auch Buchstaben. Wenn man die 62442 eingibt, schreibt man gleichzeitig automatisch das Wort: »Magic«!

Die Macher der Harry-Potter-Filme haben immer wieder kleine Details eingebaut, die man wirklich nur sieht, wenn man ganz genau hinschaut. Deshalb bemerkt der aufmerksame Beobachter im Abspann zu *Harry Potter und der Feuerkelch* die Notiz, dass bei der Verfilmung keine Drachen zu Schaden kamen. Das ist eine witzige Anspielung auf ähnliche Notizen, die in Filmen, in denen echte Tiere mitspielen, zum Schutz gemacht werden müssen.

Auf der Karte des Rumtreibers sind die Verfasser namentlich in der folgenden Reihenfolge festgehalten: Moony, Wurmschwanz, Tatze, Krone. Ist dir schon einmal aufgefallen, dass sie in genau umgekehrter Reihenfolge gestorben sind?

4

Magische Orte in der Muggelwelt

Als Harry den 11. Geburtstag seines Cousins Dudley mitfeiern darf, besucht die Familie Dursley den Zoo in London. An diesem Ort wird Harry das erste Mal bewusst, dass er anders ist als alle, die er kennt. Denn er lässt, ohne es zu merken, eine Schlange frei, indem er mit ihr Parsel spricht, die Sprache der Schlangen. In der Muggelwelt kannst du diesen denkwürdigen Ort besuchen – es gibt ihn wirklich! Wenn du in den Londoner Zoo gehst und die Reptilien besuchst, wirst du an einem der Terrarien eine Aufschrift finden, die an diese Szene erinnert, weil sie genau dort gedreht wurde.

5

Einladungskarten

Wenn du eine Feier planst und deine Gäste verblüffen willst, dann bastle Einladungskarten, die aussehen, als würden sie direkt aus Hogwarts kommen.

FÜR 10 EINLADUNGSKARTEN BRAUCHST DU:

- ★ 10 Blätter eines etwas dickeren Papiers, am besten weiß
- ★ eine große Schüssel oder Auflaufform
- ★ ½ l kalten Kaffee
- ★ ein Backgitter
- ★ eine schöne Schnur, um die 10 Einladungskarten hübsch zusammenzurollen

UND SO GEHT'S:

1. Fülle den Kaffee in die Schüssel. Lege die Papierbögen einzeln in die Schüssel, bis sie bedeckt sind. Einmal ganz eintauchen und kurz warten, genügt. Achtung! Sie dürfen nicht lange im Kaffee schwimmen, sonst wird das Papier zu brüchig!
2. Knülle das Papier vorsichtig ein bisschen zusammen. Auf diese Weise entsteht später, wenn es getrocknet ist, ein tolles Muster. So lässt du es nun auf einem Backgitter liegen und wartest, bis es trocken ist.
3. Streiche es anschließend wieder glatt und beschwere es eine Nacht lang mit einem großen Buch. Am nächsten Tag kannst du deine Einladung beschriften.
4. Wenn du sie danach zusammenrollst und eine schöne Schnur darumbindest, hast du eine perfekte Rolle Pergament!

6

Zauberhafte Funfacts für echte Potterheads

Hast du beobachtet, dass der Umhang von Lord Voldemort immer heller wird, je mehr Horkruxe zerstört werden? In der Schlacht um Hogwarts in *Harry Potter und die Heiligtümer des Todes 2* ist er dann mehr grau als schwarz!

Ist dir aufgefallen, dass, als Ron und Harry das erste Mal zusammen im Hogwarts Express sitzen, Harry das erste Mal in seinem Leben eine Schachtel mit Schokofröschen öffnet? Ein Frosch springt heraus und hüpft an die Fensterscheibe. Als 20 Jahre später die Kinder der beiden ihre erst Fahrt zur Schule antreten, klebt auch wieder ein Schokofrosch an der Scheibe ihres Abteils.

Wusstest du, dass es zum 20-jährigen Jubiläum der Harry-Potter-Filme einen besonderen Film gibt, bei dem sich alle Stars noch einmal in Hogwarts treffen? Hier erzählen sie in Interviews von der Zeit, als die Filme entstanden sind, und von vielen kleinen Geschichten, die damals während der Drehs passiert sind. Das Ganze kann man seit Januar 2022 unter dem Titel: *Return to Hogwarts* verfolgen!

7

Magische Wesen: Phönixe

Diese Wesen sind einfach magisch. Sie sind die einzigen Lebewesen in der Zaubererwelt, die am Ende ihres Lebens sterben, indem sie in Flammen aufgehen und aus ihrer eigenen Asche wiederauferstehen. Es gibt keine andere Kreatur, die ihren eigenen Tod so immer wieder aufs Neue überlebt. So sind sie auf gewisse Weise unsterblich und gleichzeitig Träger einer derart starken magischen Energie, dass es nicht verwunderlich ist, zu was sie noch imstande sind. Phönixe gehören wirklich zu den beeindruckendsten Wesen der magischen Welt, wobei sie auch immer noch Rätsel aufgeben, denn über welche Fähigkeiten sie im Ganzen verfügen, weiß niemand ganz genau. Sicher ist ihre immense magische Kraft, die sich auch in den Zauberstäben von Harry und Voldemort findet – denn beide sind unter anderem aus der Feder eines Phönix gemacht. Ein gutes Beispiel dafür ist Fawkes, der Phönix von Albus Dumbledore. Der prächtige Vogel mit den goldenen Schwanzfedern ist zwar mit Sicherheit auch eine Ausnahme, da Phönixe normalerweise nicht als eine Art Haustier bei Magiern leben. Was aber die Demonstration seiner Fähigkeiten betrifft, ist er ein Beispiel für alle Wesen dieser Art. Er ist es, der Harry vor dem Basilisken in *Harry Potter und die Kammer des Schreckens* bewahrt und ihm gleichzeitig das Schwert von Gryffindor überbringt, um sich selbst auch wehren zu können. Es sind seine Tränen, die Harry vor dem sicheren Tod durch das Basiliskengift rettet, dass nach dem Angriff des Monsters in seinen Adern fließt. Und es ist Fawkes, der am Ende Ginny, Harry und Professor Lockhart gleichzeitig aus dem Verlies transportiert.

8

Wusstest du, dass ...

... es den Moment aus dem Film *Harry Potter und die Heiligtümer des Todes 1*, als Harry und Hermine zu einem Radiolied tanzen, in den Büchern nie gegeben hat?

... man in den Filmen nicht genau erfährt, warum alle Mitglieder der Gruppe der Rumtreiber sich zu Animagi ausbilden, aber nie registrieren ließen? Der Grund war Remus Lupin, der durch einen Biss zum Werwolf wurde. Damit seine Freunde ihm auch in den Zeiten, wenn er sich verwandelt hatte, nahe sein konnten, lernten sie, sich in Tiere zu verwandeln.

... Dobby überhaupt nur in zwei Filmen auftaucht (*Harry Potter und die Kammer des Schreckens* und *Harry Potter und die Heiligtümer des Todes 1*)? Dabei ist er es, der Harry, in *Harry Potter und der Feuerkelch*, das rettende Dianthuskraut gibt. Erst dadurch ist es Harry möglich, die zweite Prüfung des Trimagischen Tuniers zu bestreiten. Denn das Dianthuskraut verleiht Harry die Möglichkeit, unter Wasser zu atmen. Auch die Beziehung zwischen Dobby und Winky, seiner Elfenfreundin, wird in den Filmen nicht erwähnt.

9

Lumos
Nox

Zaubern für Anfänger

Um auch in deiner Muggelwelt etwas zaubern zu können, bietet sich dieser kleine Trick an: Werde zum Herrscher über Licht und Dunkel mit den Zaubersprüchen »Lumos« und »Nox«.

DAS BRAUCHST DU DAFÜR:

★ Schere
★ Klebeband

UND SO GEHT'S:

Schneide die Begriffe aus und klebe auf den oberen Teil des Lichtschalters in deinem Zimmer das Wort »Lumos« und auf den unteren Teil »Nox«. Und schon wird es auf deinen Zauberspruch hin entweder hell oder dunkel.

10

Magische Orte in der Muggelwelt

King's Cross, der Bahnhof, an dem Harry und seine Freunde ihre erste Reise nach Hogwarts antreten, ist bestimmt einer der wichtigsten überhaupt. Denn nur hier gibt es das Gleis 9 ¾, von dem aus man den Hogwarts Express erreicht.

Inzwischen kann man das Gleis 9 ¾ ganz einfach besuchen, wenn man in die Eingangshalle des Bahnhofs King's Cross geht. Es wurde sogar extra ein Gepäckwagen so in die Mauer eingebaut, dass man dort tolle Erinnerungsbilder schießen kann.

11

Quizfragen für wahre Fans

(mehrere Antworten können richtig sein)

1. WIE SAH HARRYS ERSTE STRAFAUFGABE IN HOGWARTS AUS?

a) Er musste sämtliche Pokale in Hogwarts polieren.
b) Professor Lockhart verdonnerte ihn dazu, stundenlang Autogramme zu signieren.
c) Er musste mit Hagrid in den verbotenen Wald.
d) Ein Aufsatz mit mindestens 100 Seiten raubte ihm den letzten Nerv.

2. IN WELCHEN SITUATIONEN HAT DER ALOHOMORA-ZAUBER IN DEN BÜCHERN VERSAGT?

a) Um in die geschlossene Abteilung des St. Mungo Hospitals zu gelangen.
b) Um in die Mysteriumsabteilung zu kommen.
c) Als Hermine versucht, die Tür, die den Weg zur Kammer des Schreckens frei machen soll, zu öffnen.
d) Um das Fenster von Professor Flitwicks Büro zu öffnen, in dem zu diesem Zeitpunkt Sirius Black festgehalten wird.

Antworten: 1. Antwort c), 2. Antwort b) und c)

12

Wusstest du, dass …

… das Verhältnis von Lucius Malfoy und Draco in den Filmen etwas anders als in den Büchern dargestellt wird? In den Filmen wirkt es immer so, als könne Draco seinem Vater nie etwas recht machen. Dabei wird in den Büchern immer wieder gezeigt, dass Lucius Malfoy für seinen Sohn alles tun würde.

… man in den Filmen wenig und teilweise gar nichts über die zum Teil doch auch dunkle Vergangenheit von Albus Dumbledore erfährt? Der Tod seiner Schwester Ariana wird dort zum Beispiel nicht wirklich erklärt, was aber dem gesamten Verständnis zu seiner Geschichte helfen würde.

… man in den Filmen genauso wenig über die Vergangenheit von Lord Voldemort erfährt wie über Albus Dumbledore? Denn dass der dunkle Lord niemals etwas für irgendjemanden empfinden kann, liegt daran, dass seine Mutter Merope Gaunt seinem Vater (ein Muggel) einen Liebestrank verabreichte, um mit ihm zusammenzukommen. Tom Riddle war also das Kind erzwungener und nie echter Liebe. Wenn man das wissen möchte, muss man die Bücher lesen.

13

Zauberhafte Funfacts für echte Potterheads

In *Harry Potter und der Stein der Weisen* bekommt Neville Longbottom ein Erinnermich von seiner Oma, da er ständig etwas vergisst. Weißt du, warum sich das Erinnermich beim Essen in der großen Halle rot gefärbt hat? Nein? Es war der Umhang, den Neville vergessen hatte anzuziehen!

Für die Dursleys ist das Wichtigste im Leben »Normalität« – so wichtig, dass sogar die ganze Geschichte um Harry Potter mit dieser Feststellung beginnt. Auch hier haben sich die Macher der Filme einen lustigen kleinen Hinweis einfallen lassen: Alle Autos, die in den Einfahrten der Häuser vom Ligusterweg stehen, sind das gleiche Modell. Sie haben nur unterschiedliche Farben!

Wusstest du, dass die Art und Weise, wie Harry, Ron und Hermine ihre Schals tragen, einiges über ihre Charaktere aussagt? Hermine bindet ihren Schal immer so, dass er am besten funktioniert und warmhält. Ron lässt ihn einfach irgendwie an sich herunterbaumeln – und für Harry ist er eher ein Accessoire.

14

Fliegende Schlüssel für den Weihnachtsbaum

Grundsätzlich kannst du natürlich alles, was du schon gebastelt hast, in den Weihnachtsbaum hängen. Besonders schön sehen zusätzlich viele kleine fliegende Schlüssel aus. Du erinnerst dich? Gleich im ersten Band musste Harry einen der unzähligen fliegenden Schlüssel fangen, um eine geheime Tür öffnen zu können.

DU BRAUCHST:

- ★ Flüssigkleber
- ★ Bastelkarton in weiß, gold und/oder silber
- ★ Nylonfaden
- ★ Nadel
- ★ Schere

UND SO GEHT'S:

Schneide die Schablonen aus und zeichne die Umrisse für die Schlüssel auf dem dicken silbernen oder goldenen Papier nach. Ergänze einzeln kleine Flügel auf dem weißen Papier und schneide alles aus. Denk daran, pro Schlüssel brauchst du zwei Flügel. Jetzt machst du mit dem Kleber kleine Kleckse auf die Mitte der unteren Kante der Flügel und drückst sie an die Schlüssel. Achte darauf, dass die

Flügel auf gleicher Höhe angebracht werden. Wenn der Kleber getrocknet ist, kannst du vorsichtig die unterschiedlich langen Nylonfäden entweder am langen Teil der Schlüssel festknoten, durch die Verzierung des Schlüsselkopfes ziehen oder mit der Nadel ein kleines Loch an der Stelle deiner Wahl stechen und dann befestigen.

15

Magische Wesen: Irrwichte

Irrwichte gehören schon deshalb zu den beeindruckendsten magischen Kreaturen, weil sie auf so einfache Weise so viel Angst schüren können. Sie besitzen keine eigene Gestalt, verstecken sich mit Vorliebe in dunklen, engen Ecken und verwandeln sich stets in das, was ihr Gegenüber am meisten fürchtet. Derjenige, der ihr Versteck öffnet, wird zumindest für ein paar Sekunden vor Schreck gelähmt sein. Was für den Irrwicht eine seiner leichtesten Übungen ist, stellt manch einen Zauberlehrling vor eine beinahe unlösbare Aufgabe. Interessant an den Irrwichten ist vor allem, dass sie letztendlich nur durch den Zauberspruch »Ridikkulus« und Lächerlichkeit vertrieben werden können. In diesem Fall verwandelt der Zauberer oder die Hexe die Schreckensgestalt seiner größten Angst in etwas vollkommen Lächerliches. In *Harry Potter und der Gefangene von Askaban* treffen Harry und seine Freunde in Verteidigung gegen die Dunkeln Künste bei Professor Lupin das erste Mal auf einen Irrwicht. Nevills größte Angst ist eine Begegnung mit Professor Snape, wohingegen Hermine mit Professor McGonagall konfrontiert wird, die ihr erklärt, sie sei durch alle Prüfungen gefallen. Die Acromantula, eine monströse achtäugige Riesenspinne mit Klauen besetzten Beinen wird vom Zaubereiministerium nicht nur als sehr gefährlich eingestuft, sie ist auch Rons größte Furcht. Aus diesem Grund verwandelt sich Rons Irrwicht in eine gigantische Spinne. Dementoren gehören unumstritten zu den gefährlichsten und grausamsten magischen Wesen. Nach ihrem Aufeinandertreffen auf dem Weg nach Hogwarts fürchtet sich Harry am meisten vor ihnen. Es ist also nicht weiter verwunderlich, dass Harrys Irrwicht sich in einen Dementor verwandelt.

16

Kleine Besen zum Knabbern

Wenn man apparieren könnte, würde man sich oft einen Besen sparen, um von einem Ort zum anderen zu gelangen. Doch das Apparieren ist erst ab dem 17. Lebensjahr und nach Ablegen einer speziellen Prüfung gestattet. Der Hauptgrund hierfür ist, dass es einige Gefahren mit sich bringt, wie zum Beispiel das »Zersplintern«: Beim Versuch, auch ohne entsprechende Ausbildung zu apparieren, können nämlich Körperteile abhandenkommen. Lass dir ruhig Zeit. Und bis du dich entschieden hast, backst du dir einfach deinen ganz persönlichen Besen, um von A nach B zu kommen.

ZUTATEN FÜR 6 STÜCK:

★ 3 lange oder 6 kurze Grissini-Stangen (lange Stangen kannst du einfach halbieren)
★ 3 Scheiben Käse (hier eignet sich zum Beispiel Gouda seht gut)
★ 6 lange Schnittlauchhalme

ZUBEREITUNG

1. Halbiere die Käsescheiben. Und achte darauf, dass du möglichst keine Löcher in deiner Käsescheibe hast sonst können deine Borsten einreißen.

2. Dann schneidest du bis auf circa 1 cm (so viel Platz lässt du auf der langen Seite bis zum Rand übrig) viele kleine längliche Streifen in den Käse. Das werden die Borsten des Besens. Der Zentimeter, der an einem Ende übrigbleibt, hält später die Streifen zusammen.

3. Jetzt wickelst du den Käse mit den eingeschnittenen Streifen nach unten um die Grissini - Stange – und die kleinen Besen sind schon fast fertig! Fehlt nur noch ein Schnittlauchhalm, den du um den Rand, der die Streifen zusammenhält, bindest. Dann kann nichts mehr rutschen und die Besen sind bereit verspeist, oder als Tischdeko verwendet zu werden!

17

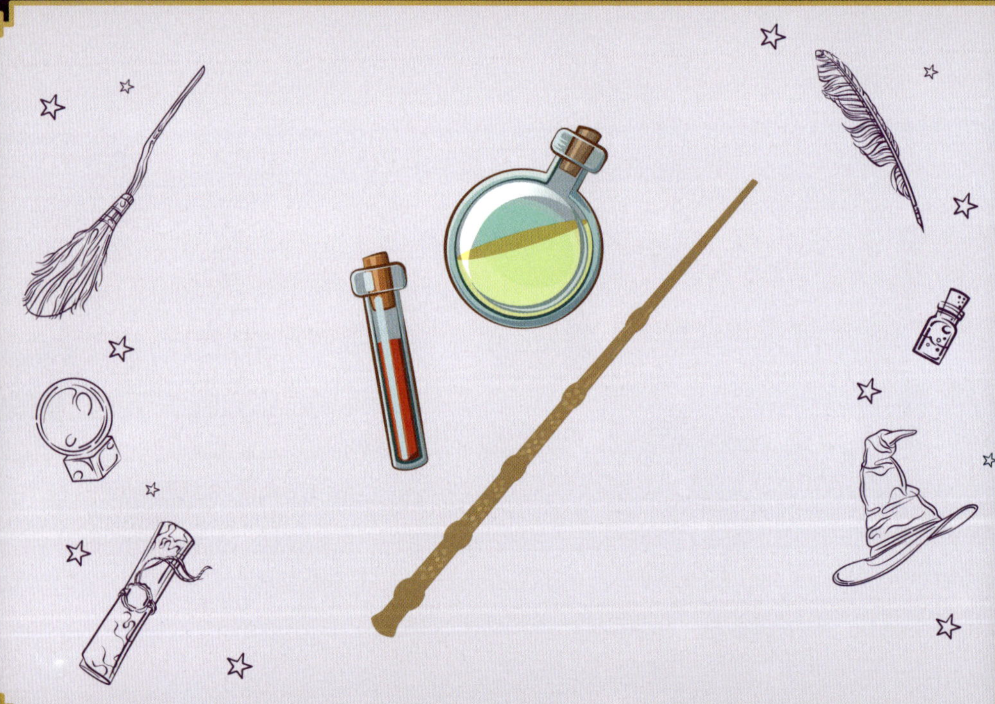

Wusstest du, dass ...

... während Harry den Elderstab im Film am Ende in die Schlucht vor Hogwarts wirft, er in den Büchern anders vorgeht. Zuerst repariert er seinen eigenen Zauberstab mit dem mächtigsten Zauberstab der Welt. Er verzichtet auf ihn und legt ihn zurück in das Grab von Albus Dumbledore. Dadurch wird die Macht des Elderstabes erlöschen, sobald Harry eines natürlichen Todes gestorben ist.

... Cho Chang im Film *Harry Potter und der Orden des Phönix* mehr oder weniger als Verräterin dargestellt wird, als sie Dolores Umbridge von der Existenz von Dumbledores Armee berichtet. Das geschieht zwar unter dem Einfluss von Veritaserum, trotzdem war es am Ende Marietta Edgecombe, die beste Freundin von Cho Chang, die Dumbledores treue Gefährten in den Büchern preisgegeben hat.

... in den Filmen die Abneigung der Zuschauer gegenüber der Familie Dursley bis zum Schluss erhalten bleibt, weil sie am Schluss auch keine große Rolle mehr spielen. In den Büchern kann man sich zumindest ganz am Ende doch auch ein wenig für Dudley erwärmen, denn in *Harry Potter und die Heiligtümer des Todes 1* wird bereits zu Beginn verdeutlicht, dass Dudley für Harrys Schutz gegen die Dementoren dankbar war. Er druckst etwas herum und bringt zum Schluss doch zum Ausdruck, dass er sich um Harrys zukünftiges Schicksal sorgt.

18

Quizfragen für wahre Fans

(mehrere Antworten können richtig sein)

1. WELCHE ZAUBERSPRÜCHE WURDEN IN DEM FINALEN KAMPF ZWISCHEN HARRY UND VOLDEMORT EINGESETZT?

a) Accio und Wingardium Leviosa
b) Avada Kedavra und Expelliarmus
c) Tarantallegra und Sonorus

2. FINDEST DU DIE DREI UNVERZEIHLICHEN FLÜCHE?

a) Diffindo
b) Imperius
c) Accio
d) Cruciatus
e) Avada Kedavra
f) Expecto Patronum

Antworten: 1. Antwort b), 2. Antwort b), d) und e)

19

Magische Orte in der Muggelwelt

Erinnerst du dich noch an Harrys ersten Eindruck von der Gringotts-Bank? Hat dich die große Halle der Gringotts-Bank genauso verzaubert wie Harry? Als Hagrid in *Harry Potter und der Stein der Weisen* Harry mit nach Gringotts nimmt, um sowohl etwas für Dumbledore zu erledigen, als auch Harry das Vermögen seiner verstorbenen Eltern zu zeigen, ist dieser sprachlos. Haushohe Decken mit Kronleuchtern, Marmor, so weit das Auge sehen kann, und jede Menge schwer beschäftigte Kobolde.

Dann kannst du diesen Ort besuchen, denn auch ihn gibt es in der Muggelwelt! Die Szenen, die in Gringotts spielen, wurden im Australia House in London gedreht! Leider kann man als Muggel nur einen Blick von außen auf das Gebäude und den wunderschönen Eingang erhaschen, da es im echten Leben die Botschaft von Australien ist.

20

Goldener-Schnatz-Cupcakes

Keine Frage, der Sucher ist einer der wichtigsten Spieler bei einem Quidditchspiel. Damit du auch zu Hause deinen eigenen goldenen Schnatz fangen kannst, gibt es hier ein Rezept für wunderbare Goldener-Schnatz-Cupcakes:

ZUTATEN FÜR 12 STÜCK:

Für den Teig:

★ 140 g Mehl
★ 55 g Kakaopulver
★ 125 g Zucker
★ ½ TL Natron
★ 100 ml heißes Wasser
★ 70 ml neutrales Pflanzenöl
★ 2 Eier (Größe M)
★ 50 g Schokodrops
★ 12 Ferrero-Rocher-Kugeln

Für das Frosting:

★ 200 ml Sahne
★ 300 g weiße Schokolade, fein gehackt
★ 200 g weiche Butter
★ 50 g Puderzucker

Für die Deko:

★ 12 gelbe Candy Melts
★ 100 g weiße Schokolade

Zubehör:

★ Silikonform für Cake Pops, Muffins (oder alternative Halbkugelform)
★ Spritzbeutel mit kleiner Lochtülle
★ Backpapier

ZUBEREITUNG:

1. Heize den Ofen auf 175 °C Ober-/Unterhitze vor. Verrühre die trockenen Zutaten für den Teig mit dem heißen Wasser und dem Pflanzenöl. Hebe nun einzeln die Eier unter und füge die Schokodrops dazu. Verteile ¾ des Teigs auf 12 Muffinförmchen, setze je eine Ferrero Rocher-Kugel hinein und bedecke alle gleichmäßig mit dem restlichen Teig. Backe die Cupcakes circa 25 Minuten auf mittlerer Schiene und lass sie vollständig abkühlen.

2. Erhitze die Sahne in einem Topf und nimm den Topf dann vom Herd. Gib die gehackte Schokolade dazu und rühre so lange, bis sich die Stücke aufgelöst haben. Lass die Mischung abgedeckt auf Zimmertemperatur abkühlen. Schlage die Butter zusammen mit dem gesiebten Puderzucker hell-cremig auf, fülle alles in einen Topf, füge die Schoko-Sahne-Mischung hinzu und verrühre alles auf niedriger Stufe. Fülle das Frosting in einen Spritzbeutel und verteile die Creme auf den Cupcakes.

3. Für die Deko die Candy Melts über einem Wasserbad schmelzen und mit einem Pinsel die Cake-Pop-Form bestreichen. Komplett abkühlen lassen. Löse die Halbkugeln vollständig ausgehärtet aus der Form. Gib die restliche Masse in den Spritzbeutel und spritze damit Schnörkel auf die Halbkugeln.

4. Schmelze die Schokolade, fülle sie in einen Spritzbeutel und male damit kleine Flügel auf ein Backpapier. Klebe sie nachdem Trocknen mit etwas geschmolzener Schokolade an die Halbkugeln. Setze die fertigen Schnatze mittig auf die Cupcakes.

21

Magische Orte in der Muggelwelt

Kannst du dich noch an die beeindruckende Brücke erinnern, auf dem sich der Hogwarts Express befand, als Harry und Ron in *Harry Potter und die Kammer des Schreckens* ihre Reise nach Hogwarts mit dem fliegenden Ford von Arthur Weasley antreten mussten, weil der Hauself Dobby sie vor dem dunklen Lord schützen wollte? Die beiden fliegen den Schienen des Hogwarts Express hinterher, bis sie ihn schließlich auf dieser Brücke sehen können.

Diese Eisenbahnbrücke heißt in der Muggelwelt Glenfinnan Viadukt und man kann sie mit dem sogenannten Jacobite Steam Train überqueren. Die Strecke, die der Zug dabei zurücklegt, befindet sich im Westen von Schottland. Wenn man hier einfach nur aus dem Fenster sieht, wird man ganz automatisch in die Welt von Harry gezaubert.

22

Magische Wesen: Hippogreife

In diesem Fall ist der Begriff »beeindruckend« schon beinahe eine Beleidigung. Denn Hippogreife sind die wohl stolzesten Wesen, die schon seit der griechischen Mythologie die Phantasie der Menschen beflügeln. Und dass im wahrsten Sinne des Wortes – die riesigen Schwingen und der Kopf eines Adlers, gepaart mit der Schönheit eines Pferdekörpers, sind wohl der Inbegriff von majestätisch.

Dass diese Wesen aber auch sehr gefährlich werden können, erfährt Draco Malfoy in *Harry Potter und der Gefangene von Askaban* am eigenen Leib. Der von Hagrid gezähmte Hippogreif Seidenschnabel stellt, was den Stolz der Wesen betrifft, keine Ausnahme dar. Deshalb reagiert er auf die Überheblichkeit und das forsche Vorgehen von Draco Malfoy äußerst gereizt und aggressiv, was dem Jungen einen Aufenthalt in der Krankenstation von Hogwarts einbringt. Hippogreife sind allein schon wegen ihrer Statur (die Spannweite ihrer Flügel kann bis zu vier Meter betragen), dem messerscharfen Schnabel und den ebenso gefährlichen Klauen, mit größter Vorsicht zu genießen. Die Tiere gestatten es generell nur denjenigen, die wissen, wie man sich ihnen nähern darf, sie anzufassen oder zu reiten. Dazu gehört eine vorsichtige und ruhige Annäherung, mit einer Verbeugung. Dabei sollte der Hippogreif allerdings nie aus den Augen gelassen werden. Erwidert das Tier dieses Ritual mit einer eigenen kleinen Verbeugung, hat er den »Eindringling« akzeptiert. Tut er das nicht, sollte man sich so schnell und ruhig wie möglich aus seiner Nähe entfernen. Doch eben dieser unbändige Stolz dieser Wesen ist es, was sie (abgesehen von ihrer körperlichen Erscheinung) so beeindruckend macht. Denn nur derjenige, der weiß, wie man sich einem Hippogreif gegenüber verhält, kommt manchmal auch in den seltenen Genuss eines Rittes zwischen den mächtigen Schwingen.

23

Magische Orte in der Muggelwelt

Die Große Halle mit seiner verzauberten Decke ist Speise- und Festsaal in einem. Neben den täglichen Malzeiten finden dort auch die Schulfeste zu Beginn und Ende des Schuljahres statt. Genauso wie die Verteilung der Neulinge durch den Sprechenden Hut, die jährlichen ZAG- und UTZ-Prüfungen, Weihnachts- und Halloweenfeste und das große Weihnachtsfest anlässlich des Trimagischen Tuniers. Im letzten Teil der Harry-Potter-Serie dient sie den Verwundeten und Gefallenen als Treffpunkt und Lazarett. Auch der Entscheidungskampf zwischen Harry und Voldemort nimmt hier seinen Anfang, als Voldemort alle in der großen Halle versammelten Hogwartsbewohner auffordert, ihm Harry auszuliefern. Betreten lässt sie sich allerdings nur über eine ehrwürdige Steintreppe, auf der sich auch wichtige Szenen abgespielt haben. So zum Beispiel das Aufeinandertreffen von Albus Dumbledore und Tom Riddel in *Harry Potter und die Kammer des Schreckens*.

Du willst diesen magischen Ort einmal mit deinen eigenen Augen sehen und wissen, wie es sich anfühlt, auf dem Weg in die große Halle zu sein? Kein Problem – die große Steintreppe gibt es. Sie befindet sich im Christ Church College in Oxford! Hier kannst du auf der Treppe für ein paar unvergessliche Fotos posieren.

24

Vielsafttrank-Bowle

Der Vielsafttrank ist ein äußerst kniffliger Zaubertrank, der Harry, Ron und Hermine bereits das ein oder andere Mal aus der Patsche geholfen hat. In Hogwarts wird er allerdings nicht gelehrt, denn das Rezept steht im Buch *Höchst potente Zaubertränke*, welches sich in der verbotenen Abteilung der Bibliothek befindet. Schaffst du es, ihn zu brauen?

FÜR 5–6 PORTIONEN BRAUCHST DU:

- 3 Teebeutel Schwarztee (alternativ kannst du aber auch Früchtetee nehmen)
- 300 ml Wasser
- 1 Zimtstange
- 1 Sternanis
- 300 ml Orangensaft
- 300 ml Johannisbeersaft (schwarz)
- 1 große Orange

★ 1 großer Apfel
★ 350 ml Ginger Ale (oder nach Bedarf)

ZUBEREITUNG:

300 ml Wasser aufkochen und über die Teebeutel, Zimtstange und Sternanis gießen und etwa 5 Minuten ziehen lassen. Danach die Teebeutel entfernen und alles abkühlen lassen. In der Zwischenzeit das Obst waschen, schälen und in mundgerechte Stücke schneiden. Den abgekühlten Tee mit dem Orangensaft und dem Johannisbeersaft angießen. Zum Schluss das Obst hinzufügen

Bibliografische Information der Deutschen Nationalbibliothek
Die Deutsche Nationalbibliothek verzeichnet diese Publikation in der Deutschen Nationalbibliografie.
Detaillierte bibliografische Daten sind im Internet über http://dnb.d-nb.de abrufbar.

Für Fragen und Anregungen
info@rivaverlag.de

Originalausgabe
1. Auflage 2022

Türkenstraße 89, 80799 München, Tel.: 089 651285-0, Fax: 089 652096

Wichtiger Hinweis
Ausschließlich zum Zweck der besseren Lesbarkeit wurde auf eine genderspezifische Schreibweise sowie eine Mehrfachbezeichnung verzichtet. Alle personenbezogenen Bezeichnungen sind somit geschlechtsneutral zu verstehen.

Umschlaggestaltung, Layout und Satz: Sonja Vallant
Umschlagabbildung und Abbildungen Innenteil: shutterstock.com/Lilushka, Sergey Milushkin, Andrea Danti, lineartestpilot, Big Pearl, Naddya, Cienpies Design, Mariyana Paskaleva, Vector Tradition, Flammynga, Vectorium, Latypova Diana, Microstocker.Pro, Lou Oates, Vik Y, Artur Balytskyi, andrewvect, LaInspiratriz, Pixasquare, jakkapan, Kuryanovich Tatsiana, Olizabet
Druck: Livonia Print, Riga
Printed in Latvia

ISBN Print 978-3-7423-2129-9

Weitere Informationen zum Verlag finden Sie unter
www.rivaverlag.de
Beachten Sie auch unsere weiteren Verlage unter www.m-vg.de